AF629603

Das Gespenst von Canterville

Ein Leseprojekt
nach Motiven der
gleichnamigen Erzählung
von Oscar Wilde

erarbeitet
von
Michaela Greisbach

Illustrationen
von
Dorina Teßmann

Cornelsen

Inhaltsverzeichnis

Kapitel 1 .... Seite 3
Aufgaben zu Kapitel 1 .... Seite 6

Kapitel 2 .... Seite 11
Aufgaben zu Kapitel 2 .... Seite 14

Kapitel 3 .... Seite 18
Aufgaben zu Kapitel 3 .... Seite 21

Kapitel 4 .... Seite 25
Aufgaben zu Kapitel 4 .... Seite 28

Kapitel 5 .... Seite 32
Aufgaben zu Kapitel 5 .... Seite 36

Kapitel 6 .... Seite 41
Aufgaben zu Kapitel 6 .... Seite 44

Kapitel 7 .... Seite 48
Aufgaben zu Kapitel 7 .... Seite 51

Kapitel 8 .... Seite 55
Aufgaben zu Kapitel 8 .... Seite 59

Kapitel 9 .... Seite 64
Aufgaben zu Kapitel 9 .... Seite 67

Kapitel 10 .... Seite 70
Aufgaben zu Kapitel 10 .... Seite 73

Kapitel 11 .... Seite 78
Aufgaben zu Kapitel 11 .... Seite 82

Kapitel 12 .... Seite 88
Aufgaben zu Kapitel 12 .... Seite 91

Kapitel 1

Mr Otis [sprich: Mister O'tis], ein Amerikaner, war nach England gekommen. Er suchte für sich und seine Familie ein großes Haus. Das Schloss von Canterville [sprich: Känterwill] gefiel ihm besonders gut. „Ich würde das Schloss gern kaufen", sagte er deshalb zu Lord Canterville, dem Besitzer.

„Das freut mich“, antwortete dieser. „Aber ich möchte Sie noch warnen. Es spukt nämlich im Schloss.“

„Ach, was reden Sie da, Lord Canterville?“

Mr Otis schüttelte den Kopf und lachte.

„Doch, doch, glauben Sie mir. Es spukt im Schloss. Ich bin mit meiner Familie deswegen ausgezogen. Wir wollen dort nie wieder wohnen. Wir konnten wegen der unheimlichen Geräusche nachts oft nicht schlafen. Meine Frau, Lady [sprich: Läidi] Canterville, hat sich an einem Abend sogar fast zu Tode erschreckt. Als sie vor dem Spiegel stand, legten sich plötzlich zwei Knochenhände auf ihre Schultern. Auch andere Mitglieder meiner Familie haben das Gespenst gesehen. Und die meisten unserer Diener sind aus Angst fortgelaufen.“

„Lord Canterville“, sagte Mr Otis ruhig, „ich komme aus einem modernen Land. Dort glaubt man nicht an Gespenster. Aber ich übernehme die Möbel und auch das Gespenst.“ Er lächelte Lord Canterville freundlich an.

„Na schön, Mr Otis. Aber etwas sollten Sie noch wissen“, sagte der Lord. „Das Gespenst ist seit 1575 im Schloss, es ist also 325 Jahre alt. Es zeigt sich immer nur nachts. Und dann stöhnt es laut.“

„Ach, hören Sie auf! Es gibt doch gar keine Gespenster.“

„Ihr Amerikaner glaubt wohl nur das, was ihr mit eigenen Augen seht.“ Lord Canterville blieb ernst. „Doch wenn Ihnen ein Gespenst im Haus nichts ausmacht, soll es mir recht sein. Ich verkaufe Ihnen das Schloss nur allzu gern.“

Fortsetzung folgt

1. Im Kapitel führen zwei Männer ein Gespräch. Was hast du über die Männer erfahren? Ergänze die Lücken.

Amerikaner / Otis / Canterville / kaufen / verkaufen / Engländer

Das ist Lord ____________________.

Er ist ____________________.

Er will Schloss Canterville ____________________.

Das ist Mr ____________________.

Er ist ____________________.

Er will Schloss Canterville ____________________.

2. Im Kapitel kommen diese beiden englischen Anredeformen vor: Mr und Lord.

a) Lies den folgenden Sachtext.

b) Ergänze die Lücke im Sachtext.

Mr oder Lord?

Ein **Herr** wird in England gewöhnlich mit **„Mister“** angesprochen. Diese Anredeform wird in Texten meist abgekürzt. Sie wird dann kurz ________ geschrieben. **Lord** ist die Anredeform für einen **Baron.** Ein Baron gehört zum englischen **Adel.** Es gibt noch andere adlige Anredeformen, wie zum Beispiel **Graf** und **Herzog.**

3. Wer wird mit „Mr“ angesprochen? Wer ist ein Baron und wird mit „Lord“ angesprochen? Ergänze die Anredeformen.

________ Canterville ________ Otis

**4. Lord Canterville warnt Mr Otis vor dem Kauf des Schlosses.
Was sagt er?
Vervollständige den Satz.
Tipp: Lies noch einmal Seite 4.**

Es ______________ im Schloss.

**5. Warum ist Lord Canterville aus dem Schloss ausgezogen?
Die folgenden Sätze nennen Begründungen.
Streiche die falschen Begründungen durch.**

Nachts war es völlig still im Schloss.

Nachts waren unheimliche Geräusche im Schloss zu hören.

Eine Maus wurde im Schloss gesehen.

Ein Gespenst wurde im Schloss gesehen.

Vögel setzten sich auf die Schultern von Lady Canterville.

Knochenhände legten sich auf die Schultern von Lady Canterville.

**6. Was hast du über das Gespenst erfahren?
Ergänze die folgenden Sätze.
Tipp: Wenn du nicht weiterweißt,
lies noch einmal Seite 4.**

Das Gespenst ist seit [ ] im Schloss,

es ist also [ ] Jahre alt.

Das Gespenst zeigt sich immer nur ____________ .

Und dann ____________ es ____________ .

**7. Was sagt Mr Otis über Gespenster?
Schreibe in die Sprechblase.
Tipp: Lies noch einmal Seite 5, Zeile 35 bis 36.**

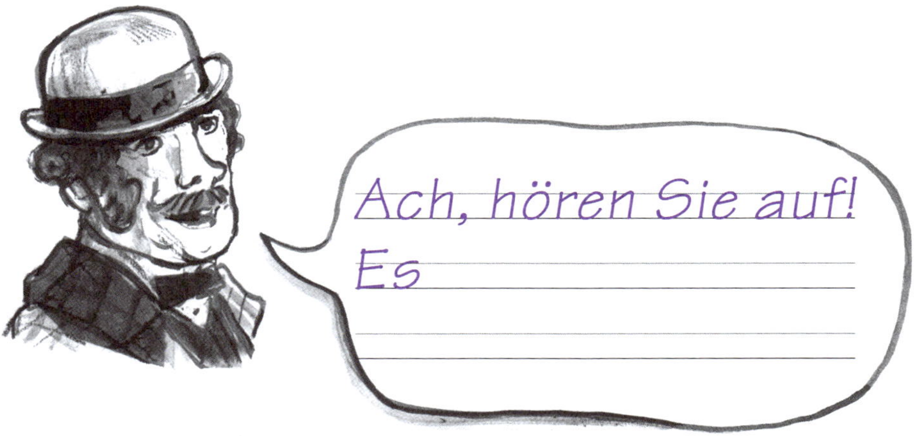

8. Das Gespenst von Canterville hat „Knochenhände“. Wie stellt ihr euch Knochenhände vor? Sind sie eher dick oder dünn, kurz oder lang? Beschreibt sie in der Klasse.

9. Das Gespenst ist seit 1575 im Schloss. Es ist mittlerweile seit 325 Jahren dort. In welchem Jahr kauft Mr Otis das Schloss?

a) Rechne aus.

b) Ergänze nun den folgenden Satz.

2000 / 1800 / 1900

Mr Otis kauft das Schloss im Jahr ______ .

10. Wo liegt England? Wo liegen die Vereinigten Staaten von Amerika (= USA)? Schlage mit einem Partner oder einer Partnerin in einem Atlas nach. Suche die Länder auf einer Weltkarte.

Kapitel 2

Mr Otis war nun der neue Besitzer von Schloss Canterville. Er, seine Frau und die Kinder freuten sich auf das Leben im Schloss. Sie fuhren mit einer Kutsche vor dem Schloss vor. Mrs [sprich: Missis] Otis war eine Dame mittleren Alters und Mutter von vier Kindern. Ihr ältester Sohn hieß Washington [sprich: Woschingten], also wie die Hauptstadt der Vereinigten Staaten von Amerika. Washington war ein gut aussehender, blonder junger Mann.

Miss Virginia [sprich: Wördschinija], die Tochter der Familie Otis, war siebzehn Jahre alt und hatte große blaue Augen. Virginia konnte gut reiten.
Außerdem gab es noch zwei jüngere Söhne.
Sie waren Zwillinge, also am gleichen Tag geboren.
Die beiden hatten immer Unsinn im Kopf und dachten sich viele Streiche aus.

Eine alte Frau empfing die Familie vor dem Schloss.
Sie trug eine gestreifte Bluse, ein weißes Häubchen und eine weiße Schürze. Sie war die Haushälterin und begrüßte jeden mit den Worten: „Willkommen auf Schloss Canterville.“
Die Familie Otis folgte der Haushälterin durch die große Halle ins Wohnzimmer, wo der Tisch gedeckt war. Alle nahmen Platz.
Plötzlich starrte Mrs Otis verwundert auf einen Fleck auf dem Fußboden. Er leuchtete rot.
„Ich fürchte, dahinten wurde etwas verschüttet“, sagte sie.
„Das stimmt, Mrs Otis“, sagte die Haushälterin und fügte mit leiser Stimme hinzu:
„Hier wurde Blut vergossen.“
„Blut? Wie schrecklich!“, rief Mrs Otis.
„Ein Blutfleck hat nichts in einem Wohnzimmer verloren. Er muss sofort entfernt werden!“
Die Haushälterin unternahm jedoch nichts.

Lächelnd antwortete sie: „Der Blutfleck lässt sich nicht entfernen. Es ist das Blut der früheren Lady Canterville. Sie wurde 1575 genau an dieser Stelle von ihrem Ehemann, Sir Simon [sprich: βör βeimen], ermordet."

„Was sagen Sie da? Ermordet?" Mrs Otis war entsetzt.

„So ist es. Kurz nach der schrecklichen Tat ist Sir Simon verschwunden. Doch er wandert bis heute als Gespenst im Schloss umher."

„Alles Unsinn!", rief Washington. Dann kniete er sich auf den Boden. *„Pinkertons* [sprich: Pinkertens] *Fleckentod mit Superputzkraft* wird mit dem Blutfleck sicher fertig." Er rieb den Fleck damit ein.

Kurz darauf war die rote Farbe verschwunden.

Fortsetzung folgt

1. **Dieses Bild zeigt die Familie Otis.**

a) **Zähle die Personen auf dem Bild. Sieh genau hin.**

b) **Kreuze nun den passenden Satz an.**

- ❑ Zur Familie Otis gehören 5 Personen.
- ❑ Zur Familie Otis gehören 7 Personen.
- ❑ Zur Familie Otis gehören 6 Personen.

c) **Verziere den Rahmen des Bildes.**

2. Was hast du über die Familienmitglieder erfahren? Verbinde die Kästchen so, dass die Aussagen stimmen.

Mr Otis	ist der älteste Sohn von Mr und Mrs Otis. Er ist blond und sieht gut aus.
Washington	ist der neue Besitzer von Schloss Canterville.
Die Zwillinge	haben immer Unsinn im Kopf. Sie denken sich viele Streiche aus.
Mrs Otis	ist siebzehn Jahre alt und hat große blaue Augen. Sie kann gut reiten.
Miss Virginia	ist eine Dame mittleren Alters. Sie ist die Mutter von vier Kindern.

**3. Was hast du über das Gespenst erfahren?
Ergänze die folgenden Sätze.
Tipp: Wenn du nicht weiterweißt,
lies noch einmal Seite 13.**

Der Name von dem Gespenst ist

Sir ______________ .

Sir ______________ hat im Jahre ______

seine Ehefrau ermordet.

Kurz nach der Tat ist er ____________________________ .

Er wandert seitdem als Gespenst

im ______________ umher.

**4. Auf dem Boden im Wohnzimmer
ist ein Blutfleck.
Womit reibt Washington den Fleck weg?
Ergänze die fehlenden Anfangsbuchstaben.**

„_inkertons _leckentod mit _uperputzkraft“

5. **Virginia wird mit „Miss Virginia“ angeredet.
Ihre Mutter wird mit „Mrs Otis“ angeredet.
Was bedeuten die Anredeformen auf Deutsch?**

a) **Verfolge die Linien von links nach rechts.
Lies dabei die einzelnen Wörter und
die Abkürzung.**

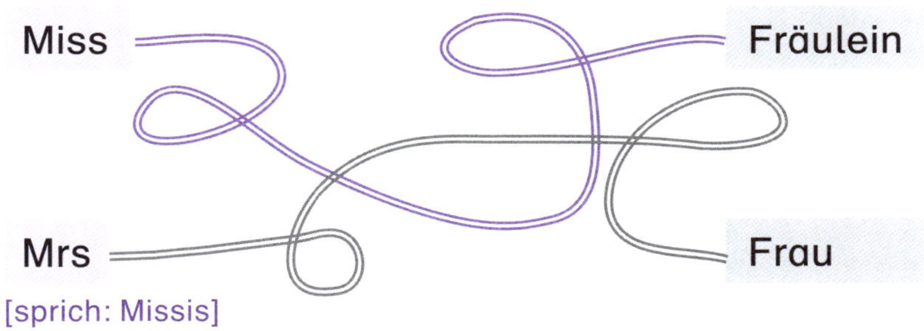

b) **Vervollständige nun die Tabelle.**

englisch	englische Aussprache	deutsch
	Miss	
Mr		Herr
	Missis	

Kapitel 3

Die ganze Nacht über tobte ein Sturm, der erst am Morgen aufhörte. Gemeinsam kam die Familie aus den oben gelegenen Schlafräumen zum Frühstück herunter. Alle sahen verwundert den Blutfleck auf dem Fußboden. Er war an der gleichen Stelle wie am Tag zuvor. „Ich glaube nicht, dass *Pinkertons Fleckentod* versagt hat“, sagte Washington. „Das Mittel entfernt sonst zuverlässig jeden Fleck.“ Er rieb den Fleck erneut weg.

Doch auch am zweiten Morgen war der Fleck wieder da. Deshalb schloss Mr Otis das Wohnzimmer am Abend ab. So konnte über Nacht niemand in das Zimmer. Aber auch das half nicht. Der Fleck war am nächsten Morgen von neuem da. Alle waren ratlos. Sogar Mr Otis fragte sich allmählich, ob es nicht doch ein Gespenst im Schloss gäbe. Washington schrieb einen langen Beschwerdebrief an die Firma Pinkerton.

Da noch Ferien waren, machten Mr und Mrs Otis mit ihren Kindern am nächsten Morgen einen Ausflug. Erst um 20.00 Uhr abends kehrten sie zum Schloss zurück. Während des Abendessens unterhielten sich alle fröhlich. Um 23.00 Uhr gingen sie schlafen und eine halbe Stunde später, um 23.30 Uhr, wurden die letzten Lichter gelöscht. Kurz nach dem Einschlafen wurde Mr Otis plötzlich wieder wach. Er hörte ein unheimliches Geräusch. Es klang wie das Rasseln von Ketten. Er setzt sich auf, zündete eine Kerze an und schaute auf die Uhr. Es war 1.00 Uhr. Seine Frau schlief tief und fest. Mr Otis horchte. Er hörte Schritte. Sie kamen langsam näher.

Wütend sprang Mr Otis aus dem Bett. Er nahm ein kleines Fläschchen aus einem Schrank. Dann öffnete er die Tür.

Vor der Tür stand ein alter Mann. Seine roten Augen leuchteten. Langes graues Haar fiel ihm über die Schultern und seine schmutzige Kleidung war zerrissen. Er trug rostige Ketten an den Händen und Füßen.

„Lieber Mann“, sagte Mr Otis, „können Sie bitte Ihre Ketten ölen? Hier ist ein Fläschchen Schmieröl.“ Er drückte ihm das Fläschchen in die Hand, schloss die Tür und legte sich wieder schlafen.

Fortsetzung folgt

1. **Der Blutfleck ist immer wieder von neuem da.**
Mr Otis und sein Sohn Washington
machen sich Gedanken.

a) **Lies die Sätze in den Denkblasen.**
Wer denkt was?
Tipp: Wenn du nicht weiterweißt,
lies noch einmal Seite 19.

b) **Schreibe die passenden Namen auf die Linien.**

Ich hatte das Wohnzimmer doch abgeschlossen. Niemand konnte den Raum betreten. Ob es vielleicht doch ein Gespenst im Schloss gibt?

____

Der Blutfleck kommt immer wieder. Das muss ich der Firma Pinkerton von *Pinkertons Fleckentod* unbedingt schreiben.

____

2. Washington schreibt einen Beschwerdebrief an die Firma Pinkerton. Leider sind die Anrede, die Sätze und die Grußformel des Briefes durcheinandergeraten.

a) Lies die Wortgruppen und die Sätze.

b) Nummeriere sie in der richtigen Reihenfolge.

[2] Wir haben einen Blutfleck auf dem Fußboden, der immer wiederkommt.

[ ] Aber es nutzt nichts. Jeden Morgen ist der Fleck von neuem da.

[ ] Sehr geehrte Damen und Herren von der Firma Pinkerton!

[ ] Ich habe ihn schon mehrere Male mit Pinkertons Fleckentod weggerieben.

[ ] Mit freundlichen Grüßen
Ihr Washington Otis

[ ] Darüber möchte ich mich mit diesem Brief beschweren!

3. Schreibe den Beschwerdebrief richtig in dein Heft.

**4. Familie Otis hat einen Ausflug gemacht.
Wann kehrt sie zurück?
Und was geschieht danach?
Ergänze die Uhrzeiten.
Tipp: Lies noch einmal Seite 19.**

Um ____________ Uhr kehrt die Familie zum Schloss zurück.

Um ____________ Uhr geht die Familie schlafen.
Eine halbe Stunde später, also um ____________ Uhr, löschen sie alle Lichter.

Um ____________ Uhr hört Mr Otis ein unheimliches Geräusch.

**5. Das Gespenst zeigt sich Mr Otis.
Was macht Mr Otis daraufhin?
Kreuze an.**

- ❑ Er schreit laut, schlägt um sich und rennt weg.
- ❑ Er versteckt sich unter dem Bett seiner Frau.
- ❑ Er gibt dem Gespenst ein Fläschchen Schmieröl und legt sich wieder schlafen.

6. Wie sieht das Gespenst aus?
Ergänze die Lücken.
Tipp: Wenn du nicht weiterweißt, lies noch einmal Seite 20.

Das Gespenst sieht aus wie ein ____________ (junger/alter) Mann.

Seine ____________ (schwarzen/roten) Augen leuchten.

Es hat ____________ (kurze/lange) ____________ (blonde/graue) Haare.

Seine ____________ (saubere/schmutzige) Kleidung ist zerrissen.

Es trägt ____________ (rostige/schwere) Ketten an den Händen und Füßen.

7. Das Gespenst will Mr Otis erschrecken.
Aber Mr Otis erschrickt nicht.
Was denkt das Gespenst nun wohl?
Schreibe die Gedanken des Gespenstes in die Denkblase.

Kapitel 4

Während sich Mr Otis wieder schlafen legte, stand Sir Simon sprachlos da. Dann schleuderte er das Fläschchen Schmieröl wütend auf den Boden und rannte fort. Dabei fluchte er laut. Ein hellgrünes Licht erhellte den Gang. Plötzlich standen zwei kleine Gestalten in weißen Nachthemden vor Sir Simon und ein großes Kissen sauste an ihm vorbei.

Das machte ihn noch zorniger. Schimpfend verschwand er durch die Wand. Erst nach einer Weile war es still im Haus.

In seinem Versteck holte Sir Simon tief Luft. So etwas war ihm noch nie passiert! Noch nie in seinem 300-jährigen Gespensterleben war er so beleidigt worden. Die meisten Menschen liefen bei seinem Anblick laut schreiend weg. Sir Simon erinnerte sich an die vielen Male, als er Menschen im Schloss erschreckt hatte: Der jungen Lady Canterville hatte er seine Knochenhände auf die Schultern gelegt. Den Dienern hatte er schon oft die Kerzen ausgepustet. Sie standen dann plötzlich im Dunkeln. Einmal hatte er sich als Skelett mit einem Buch in einen Sessel gesetzt. Eine Haushälterin entdeckte ihn dort und fiel vor Schreck um. Ein anderes Mal war er als Wasserleiche gesehen worden. Sir Simon lachte bei diesem Gedanken leise. Doch dann wurde er ernst. Warum mussten ausgerechnet diese unverschämten Amerikaner in das Schloss einziehen? Keiner von ihnen lief bei seinem Anblick schreiend davon. Sie schenkten ihm stattdessen Schmieröl und warfen mit Kissen nach ihm. Und den Blutfleck rieben sie auch immer wieder fort. So war Sir Simon noch nie behandelt worden. Das durfte er sich nicht bieten lassen! Er wollte sich rächen und sich etwas besonders Gruseliges für die Familie ausdenken.

Fortsetzung folgt

1. Sir Simon kann sich verwandeln.
Wie zeigte er sich schon?
Ergänze in den Wörtern
die fehlenden Doppelkonsonanten
(der Konsonant = der Mitlaut).

Sir Simon zeigte sich einmal

als Skele▢▢, also als Knochengerüst.

Ein anderes Mal sah man ihn als Wa▢▢erleiche.

2. Für Sir Simon ist es ein Erfolg, wenn sich
die Menschen bei seinem Anblick erschrecken.

a) Woran erinnert er sich?
Sieh dir zuerst die Bilder auf Seite 29 an.

b) Vervollständige nun die Sätze neben
den Bildern.
Tipp: Schwierige Wörter und Wortgruppen
kannst du aus dem Kasten abschreiben.

auf die Schultern / die Kerze / das Skelett /
mit einem Buch in einem Sessel / entdeckte

Lady Canterville erschrak,

als Sir Simon ihr

die Knochenhände

____

______________________________ .

Ein Diener erschrak,

als Sir Simon ihm

____

______________________________ .

Eine Haushälterin fiel um,

als sie ____________________

____

____

______________________________ .

3. Sir Simon erscheint in der Nacht, um der Familie Otis Angst zu machen. Was geschieht? Sind die Sätze richtig oder falsch? Kreuze an.
Tipp: Lies noch einmal Seite 25 und 26.

	richtig	falsch
Sir Simon schleudert das Fläschchen Schmieröl auf den Boden und rennt weg.	❑	❑
Ein dunkelblaues Licht erhellt den Gang.	❑	❑
Plötzlich stehen zwei kleine Gestalten in weißen Nachthemden vor Sir Simon.	❑	❑
Die Zwillinge werfen eine Wasserbombe.	❑	❑
Ein großes Kissen saust an Sir Simon vorbei.	❑	❑
Sir Simon verschwindet durch die Wand.	❑	❑

4. Sir Simon will sich etwas Neues, sehr Gruseliges einfallen lassen. Wie könnte er die Familie Otis erschrecken? Schreibe deine Ideen in vollständigen Sätzen auf die Linien.

5. Hast du schon einmal etwas Gruseliges oder Unheimliches erlebt? Wie ging es dir dabei? Was hast du gemacht? Erzähle in der Klasse davon.

6. Wie sieht das Gesicht von jemandem aus, der sich gruselt? Mache es in der Klasse vor.

Kapitel 5

Am nächsten Morgen gab es nur ein Thema beim Frühstück: das Gespenst. „Mit einem Kissen nach dem Gespenst zu werfen war nicht nett“, sagte Mr Otis. Er sah die Zwillinge strafend an.

Diese lachten jedoch nur laut.

„Mein Geschenk, das Schmieröl, nicht anzunehmen war aber auch nicht nett von dem Gespenst“, fügte er hinzu. „Bei dem Lärm, den es macht, kann man unmöglich schlafen.“ Zur Freude von Mr Otis blieben die nächste Nacht und auch die folgenden Nächte ruhig.

Nur der Blutfleck beschäftigte die Familie jeden Morgen aufs Neue. Er wechselte nun von Tag zu Tag die Farbe. An einem Morgen war er rostbraun. Am nächsten Tag leuchtete er wieder blutrot. Ein anderes Mal war er bonbonrosa. Einmal strahlte er sogar giftgrün. Die Familie wettete jeden Abend miteinander: Welche Farbe würde er wohl am nächsten Morgen haben? Die Einzige, die sich nicht daran beteiligte, war Virginia. Beim Anblick des Blutflecks wurde sie jedes Mal ganz weiß im Gesicht. An dem Morgen, an dem der Fleck giftgrün war, brach sie sogar beinahe in Tränen aus.

In der Nacht von Samstag auf Sonntag war es dann wieder vorbei mit der Nachtruhe. Ein fürchterliches Gepolter in der Halle weckte alle auf. Mr Otis, Washington und die Zwillinge sprangen aus den Betten. Sie liefen die Treppe hinunter in die große Halle. Dort lagen Teile der großen, alten Ritterrüstung auf dem Steinboden. Daneben, auf einem Stuhl, saß Sir Simon. Er rieb sich über die Knie und stöhnte laut vor Schmerz. Mr Otis rief aufgeregt: „Hände hoch!“ Er hielt eine alte Pistole in der Hand.

Die Zwillinge hatten Schleudern dabei. Sie zielten mit Papierkugeln auf Sir Simon. Sir Simon sprang mit einem Schrei auf. In der nächsten Sekunde wehte er wie ein Nebel an ihnen vorbei. Er pustete Washingtons Kerze aus. In der Halle war es nun völlig dunkel. Oben auf der Treppe ließ er schließlich ein gespenstisches Lachen ertönen. Es hallte laut durch das Schloss. Da öffnete sich knarrend eine Tür und Mrs Otis kam in einem himmelblauen Nachthemd und mit einer Kerze in der Hand in den Flur. „Es scheint Ihnen nicht gut zu gehen“, sagte sie zu Sir Simon. „Hier, nehmen Sie diese Medizin. Die Tropfen helfen bestimmt.“ Sir Simon starrte Mrs Otis nur an. Dann verschwand er mit einem grässlichen Heulen durch die Wand.

Fortsetzung folgt

**1. Der Fleck auf dem Fußboden ist jeden Morgen von neuem da.
Er hat aber nicht immer die gleiche Farbe.
Wie ist er gefärbt?**

a) Ergänze die fehlenden Buchstaben.

An einem Morgen ist der Fleck braun wie Rost,

also r _ s t b r a u _ .

Am nächsten Tag leuchtet er wieder rot wie Blut,

also _ _ _ _ r _ _ .

Ein anderes Mal ist er rosa wie ein Bonbon,

also b _ _ _ _ _ r _ _ _ .

Einmal strahlt er sogar so leuchtend grün

wie Gift, also _ _ f _ _ _ ü _ .

b) Male die Flecke hinter den Sätzen in den passenden Farben aus.

2. **Mit Hilfe zusammengesetzter Adjektive (Wiewörter) kann man Farben genauer beschreiben. Schreibe die passenden Adjektive auf die Linien.**
Tipp: Adjektive schreibt man klein.

 + blau = *himmelblau*

 + grün = ______________________

 + gelb = ______________________

 + rot = ______________________

3. **Sir Simon ist hingefallen. Was passiert danach? Und wer tut was? Ergänze die fehlenden Verbformen (das Verb = das Tuwort).**

ruft / gibt / zielen / kommt / hält

Mr Otis ____________ aufgeregt: „Hände hoch!“

Er ____________ eine alte Pistole in der Hand.

Die Zwillinge ____________ mit Papierkugeln auf Sir Simon. Mrs Otis ____________ in den Flur.

Sie ____________ Sir Simon ein Fläschchen Medizin.

4. Sir Simon schafft es diesmal wieder nicht, die Familie Otis zu erschrecken. Was würdet ihr ihm für das nächste Mal raten? Sprecht in der Klasse darüber.

5. Sir Simon wollte die Familie Otis als Ritter mit Rüstung erschrecken. Lies den folgenden Sachtext.

Die Rüstung eines Ritters

Ritter gab es bis ins späte **Mittelalter,** also ungefähr bis ins Jahr 1500. Sie beschützten die Menschen vor Feinden. Deshalb lernten sie früh zu **kämpfen.** Zum **Schutz vor Verletzung** trug ein Ritter im Kampf eine **Ritterrüstung.** Diese war aus Eisen hergestellt. Zu einer Rüstung gehörten zum Beispiel ein **Kettenhemd,** ein **Brustpanzer** und ein **Helm.** Die Rüstung eines Ritters war sehr schwer. Sie konnte bis zu **vierzig Kilogramm** wiegen. Um sie anzulegen, benötigte der Ritter in der Regel Hilfe.

**6. Beantworte die folgenden Fragen.
Schreibe jeweils zuerst die Frage in dein Heft.
Schreibe dann die Antwort
in einem vollständigen Satz darunter.**

- Bis wann gab es Ritter?
- Warum trugen Ritter Rüstungen?
- Was gehört zum Beispiel zu einer Rüstung?

**7. Eine Ritterrüstung wog manchmal
vierzig Kilogramm (= kg).
Wie schwer ist das?**

a) Sieh dir die Personen an.

b) Lies, wie viel jede Person wiegt.

**c) Welche beiden Personen wiegen
zusammen vierzig Kilogramm?
Kreise sie farbig ein.**

8. Was gehört zu einer Ritterrüstung?

a) Sieh dir die Bilder an.

b) Lies die Sachtexte.

c) Verbinde die Bilder mit den passenden Sachtexten.

Das **Kettenhemd** wurde aus vielen Eisenringen hergestellt. Je kleiner die Ringe waren, desto besser war der Oberkörper vor Verletzungen geschützt.

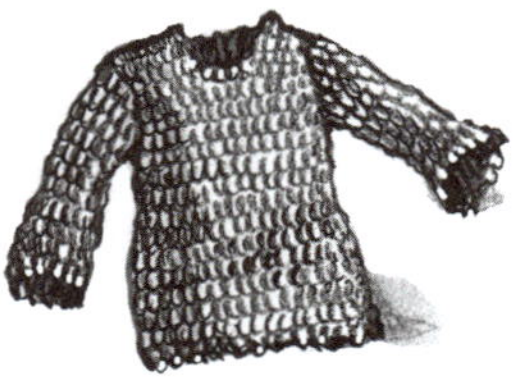

Der **Brustpanzer** wurde über dem Kettenhemd getragen. Er sollte vor allem das Herz vor Verletzungen schützen.

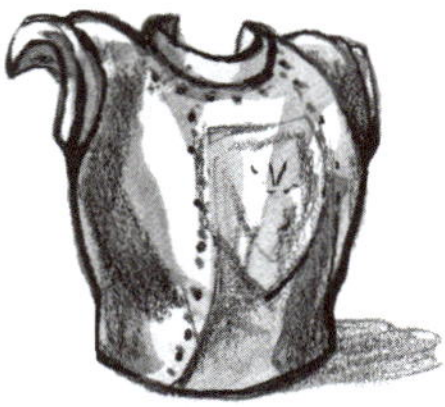

Der **Helm** schützte den Kopf des Ritters. Es gab verschiedene Formen von Helmen. Am häufigsten war der so genannte Topfhelm.

Kapitel 6

Sir Simon erreichte sein Versteck mit letzter Kraft. Dann brach er zusammen. Er fühlte sich sehr schwach und er ärgerte sich. Das Gewicht der Rüstung hatte ihn einfach umgeworfen. Doch Sir Simon wollte nicht aufgeben. Er beschloss abermals, der Familie Otis einen Schrecken einzujagen. Diesmal sollte nichts schiefgehen.

Am nächsten Abend regnete es stark und der Wind rüttelte an den Fenstern und den Türen des alten Schlosses. „Das ist ein Wetter, wie es Gespenster lieben“, dachte Sir Simon.

Er zog ein langes weißes Hemd an. Dazu wählte er einen großen Schlapphut mit einer roten Feder. Außerdem nahm er seinen alten, rostigen Dolch mit. Punkt Mitternacht machte er sich in seiner Verkleidung auf den Weg. Im Haus war alles ruhig. Sir Simon schlich durch den langen Flur. Sein grauer, faltiger Mund zeigte ein gemeines Lächeln. Schließlich bog er um die letzte Ecke. Doch im nächsten Moment sprang er mit einem angstvollen Schrei zurück.

Vor ihm stand eine grauenvolle Gestalt. Ihr Kopf war kahl. Die glatte Fläche glänzte. Der Mund in dem runden, fetten Gesicht grinste böse und die Augen waren wie zwei schwarze Löcher. Die Gestalt trug ein schneeweißes Hemd. In der rechten Hand blitzte ein langes Schwert auf. Vor dem Bauch hing ein Schild.

Sir Simon hatte noch nie ein anderes Gespenst gesehen. Er erschrak fürchterlich und rannte fort. Zuerst verkroch er sich in sein Bett und zog die Decke über den Kopf. Doch dann fasste er wieder Mut. Er wollte das andere Gespenst besuchen. Vielleicht konnten sie der Familie gemeinsam einen Schrecken einjagen. Draußen ging bereits die Sonne auf. Mutig machte sich Sir Simon auf den Weg zu dem anderen Gespenst. Er blickte neugierig um die letzte Ecke. Doch was war das? Das andere Gespenst sah jämmerlich aus. Das Schwert war ihm aus der Hand gefallen. Das Gespenst lehnte kraftlos an der Wand. Sir Simon eilte zu ihm hin. Er nahm es in die Arme. Da fiel der Kopf herunter und rollte über den Boden. Schließlich hielt Sir Simon nur noch ein weißes Bettlaken in der Hand. Auf dem Boden lagen ein Besen, ein großes Schwert aus Pappe, ein ausgehöhlter Kürbis und ein Schild. Sir Simon las darauf:

Das Otis-Gespenst:
der echte Spuk!
Vor Nachahmungen wird gewarnt!
Alle anderen Gespenster sind Fälschungen.

Fortsetzung folgt

1. In diesem Text wird beschrieben, wie sich Sir Simon verkleidet. Aber die Adjektive stimmen noch nicht.

a) Lies zunächst noch einmal Seite 42.

b) Streiche nun die falschen Adjektive durch.

c) Schreibe die richtigen Adjektive auf die Linie darüber.

Sir Simon zog ein kurzes pinkfarbenes Hemd an.

Dazu wählte er einen kleinen Schlapphut

mit einer gelben Feder. Außerdem nahm er

seinen neuen, glänzenden Dolch mit.

d) Schreibe den Text richtig in dein Heft.

2. Gespenster mögen schlechtes Wetter.
Was könnte ihnen gefallen?
Kreise die passenden Nomen (Namenwörter) ein.

die Sonne

der Donner

der Nebel

der Sturm

der Regen

die Hitze

die Kälte

die Wärme

der Blitz

3. Sir Simon sieht ein anderes Gespenst.
Wie sieht es aus?
Male es auf ein weißes Blatt Papier.
Tipp: Lies noch einmal Seite 42.

4. Sir Simon geht zu dem Gespenst zurück.
Was stellt er fest?
Kreuze an.

- ☐ Das Gespenst hat sich in Luft ausgelöst.
- ☐ Das Gespenst ist noch größer und hässlicher, als er es in Erinnerung hat.
- ☐ Das Gespenst ist gar kein echtes Gespenst. Es ist aus verschiedenen Dingen gebastelt.

5. Wer hat das Gespenst wohl gebastelt? Stellt Vermutungen in der Klasse an.

6. Woraus wurde das Gespenst gebastelt?

a) Sieh dir die einzelnen Gegenstände an.

b) Vervollständige nun die Beschriftung. Tipp: Lies noch einmal Seite 43.

der B _ _ _ _

der große ausgehöhlte K ü r _ _ _

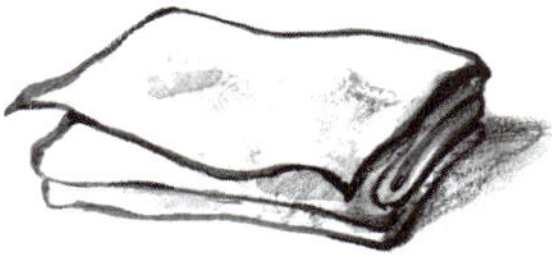

das weiße B _ t t l _ k _ _

das S c h w _ _ _ aus Pappe

7. Das falsche Gespenst hat ein Schild um den Hals hängen. Was steht auf dem Schild? Schreibe den Text auf ein Blatt mit Schreiblinien. Du kannst auch mit dem Computer arbeiten. Wähle dann eine passende Schrift aus. Tipp: Lies noch einmal Seite 43.

8. Es gibt schwierige Wörter im Kapitel, die du vielleicht nicht kennst, zum Beispiel „der Kürbis“ oder „jämmerlich“.

a) Schreibe die Wörter, die du nicht kennst, auf die Linien.

b) Schlage die Wörter nacheinander in einem Lexikon oder einem Wörterbuch nach.

c) Schreibe jedes Wort mit der Erklärung in dein Heft.

Kapitel 7

Die letzten Wochen waren für Sir Simon sehr anstrengend gewesen. Er war müde und schwach. Beim leisesten Geräusch zuckte er zusammen. Fünf Tage und Nächte verbrachte er in seinem Versteck. Nicht einmal den Blutfleck erneuerte er mehr.

Er war traurig und wütend zugleich. Die Familie Otis ließ sich einfach nicht erschrecken, gleichgültig, was er auch versuchte. „Aber es ist die Pflicht eines Gespenstes zu spuken“, dachte Sir Simon.

Die Vorschrift lautete, dass er sich einmal pro Woche zwischen Mitternacht und drei Uhr in der Frühe auf den Fluren des Schlosses aufhalten musste. An jedem ersten und dritten Mittwoch eines Monats musste er um Mitternacht im Schlossturm laut heulen. Das waren seine Aufgaben als Gespenst.

Sir Simon schlich also abermals nachts durch das Schloss. Doch er wollte auf keinen Fall gehört werden. Deshalb zog er seine Stiefel aus und ging auf Strümpfen. Seine Ketten hatte er sorgfältig mit Schmieröl eingerieben. So bewegte er sich leise, Schritt für Schritt, durch das dunkle Schloss. Doch immer wieder stolperte er. Die Zwillinge hatten überall Schnüre gespannt, die man im Dunkeln nicht sah. Dann rutschte Sir Simon auch noch auf einem Stück Butter aus. Die Streiche der Zwillinge machten ihn sehr wütend. Da hatte er einen Plan.

In der nächsten Nacht stand er ohne Kopf vor der Schlafzimmertür der Zwillinge. Die Tür war nur angelehnt. Leise stieß er sie auf.

In der nächsten Sekunde stürzte ein Eimer mit Wasser auf das Gespenst herab. Sofort war Sir Simon bis auf die Knochen nass. Die Zwillinge lachten laut und Sir Simon flüchtete in sein Versteck.

In der folgenden Nacht kam es noch schlimmer. Sir Simon war auf dem Weg ins Wohnzimmer, um nach dem Blutfleck zu sehen. Plötzlich sprangen in der großen Halle zwei Gestalten aus einer dunklen Ecke hervor. Sie kreischten laut „Buh!“ in sein Ohr. Voller Schreck hetzte Sir Simon auf die Treppe zu. Doch dort stand Washington mit dem großen Gartenschlauch. In seiner Not verschwand Sir Simon in einem alten Kamin. Er musste sich durch einen Geheimgang zwängen. Verschmutzt und verzweifelt erreichte er schließlich sein Versteck. Danach wurde er mehrere Nächte nicht mehr gesehen.

Fortsetzung folgt

**1. Es ist die Pflicht eines Gespenstes zu spuken.
Was muss Sir Simon genau tun?
Ergänze die Sätze.
Tipp: Lies noch einmal Seite 49.**

Sir Simon muss sich einmal pro Woche zwischen

Mitternacht und drei Uhr in der Frühe ____________

____

An jedem ersten und dritten Mittwoch im Monat

muss er ______________________________

____

**2. Was bedeutet es, Pflichten zu haben?
Hast du Pflichten zu Hause?
Gibt es in deiner Familie bestimmte Regeln,
an die du dich halten musst?
Sprecht in der Klasse darüber.**

**3. Stell dir vor, in deiner Schule gibt es
ein Gespenst.
Welche Pflichten sollte es haben?
Sammelt eure Vorschläge an der Tafel.**

4. An welchen Tagen muss Sir Simon im Schlossturm heulen?

a) Sieh dir die Kalenderblätter an.

b) Kreuze den ersten und den dritten Mittwoch (Mi) im August und im September auf den Kalenderblättern an.

	August					
Mo		4	11	18	25	Mo
Di		5	12	19	26	Di
Mi		6	13	20	27	Mi
Do		7	14	21	28	Do
Fr	1	8	15	22	29	Fr
Sa	2	9	16	23	30	Sa
So	3	10	17	24	31	So

September									
1 Mo	2 Di	3 Mi	4 Do	5 Fr	**6 Sa**	**7 So**	8 Mo	9 Di	10 Mi
11 Do	12 Fr	**13 Sa**	**14 So**	15 Mo	16 Di	17 Mi	18 Do	19 Fr	**20 Sa**
21 So	22 Mo	23 Di	24 Mi	25 Do	26 Fr	**27 Sa**	**28 So**	29 Mo	30 Di

5. Welche Streiche spielen die Zwillinge? Und welche Folgen haben sie für Sir Simon?

a) Lies die Sätze in den Kästen.

b) Welche Sätze gehören zusammen? Verbinde die Satzpaare.

Die Zwillinge spannen Schnüre durch den Flur.	Sir Simon rutscht darauf aus.
Die Zwillinge legen ein Stück Butter auf den Boden.	Sir Simon stolpert darüber.
Die Zwillinge springen aus einer Ecke hervor und schreien laut: „Buh!“	Sir Simon wird beim Eintreten ins Zimmer nass.
Die Zwillinge stellen einen Eimer mit Wasser oben auf den Türrahmen.	Sir Simon erschrickt fürchterlich.

6. Durch den Kamin unten rechts flüchtet Sir Simon schnell in sein Versteck. Es ist oben links im Bild zu sehen. Durch welchen Geheimgang kriecht er? Male den kürzesten Weg farbig aus.

Kapitel 8

In der letzten Ferienwoche kam ein junger Herzog zu Besuch auf das Schloss. Er war ein hübscher junger Mann mit braunen Locken. Als er Virginia sah, verliebte er sich sogleich in sie. Die beiden machten nun jeden Tag gemeinsam einen Ausritt. Sie ritten über weite grüne Wiesen und kamen erst am Nachmittag zurück.

Nach einem dieser Ausritte wollte sich Virginia umziehen. Auf dem Weg in ihr Zimmer kam sie an einem Raum vorbei, der nicht bewohnt wurde. Die Tür stand offen.

Sie sah durch die Tür und erschrak im ersten Moment sehr. Das Gespenst saß traurig und einsam in einem Sessel am Fenster.

Nachdem Virginia ihren Schreck überwunden hatte, ging sie zu ihm. „Sie tun mir leid", sagte sie. „Aber morgen fahren die Zwillinge ins Internat. Wenn Sie sich gut benehmen, wird Sie erst einmal niemand mehr ärgern."

„Wie können Sie von mir verlangen, dass ich mich gut benehmen soll?" Erstaunt sah Sir Simon Virginia an. „Das ist völlig unmöglich. Ich *muss* mit meinen Ketten rasseln, durch Schlüssellöcher stöhnen und nachts durchs Schloss geistern! Das ist meine Pflicht!"

„Andere zu ärgern ist bestimmt keine Pflicht. Es ist böse. Überhaupt sind Sie schon als Mensch grausam gewesen. Die Haushälterin hat uns erzählt, dass Sie Ihre Frau ermordet haben."

„Ja nun, zugegeben", sagte das Gespenst, „doch das ist sehr lange her."

„Aber es ist Unrecht, jemanden zu ermorden", sagte Virginia.

„Das stimmt. Doch ich wurde hart bestraft.

Die Brüder meiner Frau ließen mich verhungern."

„Sie sind verhungert?" Nun tat das Gespenst Virginia wieder leid. „Oh, Sir Simon, sind Sie denn jetzt hungrig? Ich habe ein Stück Brot in meiner Tasche. Möchten Sie das?"

„Danke, nein. Ich esse nicht mehr. Aber ich finde Ihr Angebot sehr nett. Ich finde Sie überhaupt viel netter als den Rest Ihrer abscheulichen Familie."

„Seien Sie still!", rief Virginia verärgert und stampfte mit dem Fuß auf. „Sie selbst sind abscheulich! Sie haben mir Farben aus meinem Malkasten gestohlen. Damit haben Sie den Blutfleck immer wieder neu auf den Boden gemalt. Erst nahmen Sie mir alle Rottöne. Da konnte ich keinen Sonnenuntergang mehr malen. Dann haben Sie mir Hellgrün und Hellgelb gestohlen. Und am Schluss hatte ich nur noch Blau und Weiß. Was kann man damit schon malen? Aber ich habe Sie kein einziges Mal verraten. Hören Sie, Sir Simon, das Ganze ist doch wirklich albern. Seit wann gibt es denn hellgrünes Blut?"

„Aber was sollte ich denn machen? Es ist heutzutage sehr schwer, echtes Blut zu bekommen." Und Sir Simon fügte noch hinzu: „Außerdem reibt Ihr unverschämter Bruder den Fleck immer wieder weg."

Nun hatte Virginia genug. Ihre Augen funkelten. „Sie wollen also mit dem Spuk nicht aufhören? Gut, dann werde ich meinen Vater bitten, die Zwillinge noch nicht ins Internat zu schicken. Auf Wiedersehen, Sir Simon.“

Fortsetzung folgt

1. Was geschieht zu Beginn des Kapitels? Streiche die falschen Sätze durch.

Ein alter Herzog kommt zu Besuch.
Ein junger Herzog kommt zu Besuch.

Der junge Herzog ist ein hässlicher junger Mann mit fettigem Haar.
Der junge Herzog ist ein hübscher junger Mann mit braunen Locken.

Der junge Herzog verliebt sich in Virginia.
Der junge Herzog streitet sich mit Virginia.

2. Virginia begegnet dem Gespenst. Wie sieht das Gespenst aus? Kreise die passenden Adjektive ein.

krank stark fröhlich
niedergeschlagen müde
munter
alt
lustig traurig wütend

**3. Virginia hat Mitleid mit Sir Simon.
Sie findet ihn aber auch grausam und böse.
Nenne jeweils zwei Gründe für ihre Gefühle.
Tipp: Die Sätze im Kasten helfen dir.**

Sir Simon hat seine Frau umgebracht.
Sir Simon ist verhungert.
Sir Simon ist sehr einsam.
Sir Simon ärgert gern Menschen.

a) Deshalb hat Virginia Mitleid mit Sir Simon:

1. Grund: ______________________________

____

2. Grund: ______________________________

____

b) Deshalb findet Virginia Sir Simon böse und grausam:

1. Grund: ______________________________

____

2. Grund: ______________________________

____

4. **Sir Simon schreibt mit Zaubertinte in sein Tagebuch. Von den Buchstaben ist aber nur die Hälfte zu sehen. Erkennst du die Wörter trotzdem? Lies, was er geschrieben hat.**

Liebes Tagebuch!

ich habe die junge Virginia Otis

kennen gelernt Sie war zuerst sehr nett

zu mir Aber dann sagte sie dass ich

grausam und böse bin Sie hat Recht

Ich habe vor 325 Jahren meine Frau

ermordet Ich wünschte sehr das wäre

niemals passiert

5. **Schreibe Sir Simons Tagebucheintrag aus Aufgabe 4 vollständig in dein Heft. Denke auch an die Satzzeichen.**

6. Wer darf einen Verbrecher bestrafen? Lies den folgenden Sachtext.

Verbrecher kommen vor Gericht

Vor **Gericht** können Menschen angeklagt werden, eine Tat begangen zu haben. Ein **Richter** prüft, ob der Angeklagte die Tat tatsächlich begangen hat. Wenn er sie begangen hat, wird er schuldig gesprochen. Dann wird nach dem Gesetz das **Urteil** gesprochen. Das Urteil bestimmt, wie hoch die **Strafe** ist. Es ist nicht erlaubt, jemanden ohne Gerichtsurteil selbst zu bestrafen. Wer dies dennoch tut, macht sich ebenfalls strafbar.

7. Was prüft ein Richter? Beantworte die Frage mit einem vollständigen Satz.

8. Auch im Jahr 1575 gab es schon Gerichtsverhandlungen.
   Die Brüder der ermordeten Lady Canterville haben Sir Simon aber selbst bestraft.
   Was bedeutet das?
   Sprecht in der Klasse darüber.

9. Warum sind Gerichtsverhandlungen wichtig?
   Was wäre, wenn jeder jeden bestrafen dürfte?
   Sprecht in der Klasse darüber.

10. Welche Farben hat das Gespenst aus dem Malkasten gestohlen?
    Streiche die passenden Nomen durch.
    Tipp: Lies noch einmal Seite 57.

das Hellrot
das Dunkelrot
das Weiß
das Hellgrün
das Hellgelb
das Blau

11. Virginia hat nur noch Weiß und Blau in ihrem Malkasten.
    Was kann sie damit malen?
    Male ein blau-weißes Bild.

Kapitel 9

„Bitte gehen Sie nicht, Miss Virginia!“, rief das Gespenst. „Ich bin ja so einsam und unglücklich. Ich möchte gerne schlafen und kann es nicht!“

„Was ist das für ein Unsinn! Sie müssen nur ins Bett gehen und die Augen schließen.“

„Ich habe seit 300 Jahren nicht mehr geschlafen“, sagte das Gespenst traurig.

Virginia sah das Gespenst erstaunt an.

„Es ist wahr.“ Sir Simon senkte den Kopf.

Virginias Lippen zitterten vor Mitgefühl.

„Armes, armes Gespenst“, sagte sie leise, „man muss doch schlafen!“
„Ach, Miss Virginia, ich finde Schlaf nur im Tod. Vor 300 Jahren bin ich verhungert. Aber ich starb nicht wie andere Menschen. Ich musste zur Strafe für meine böse Tat als Gespenst weiterleben. Doch nun kann ich nicht mehr. Die Ketten sind mir zu schwer. Das Spuken gelingt mir nicht mehr. Ich bin nur noch müde. Wie gern würde ich in Frieden ruhen!“ Sir Simon lächelte Virginia an. „Wollen Sie mir helfen, Frieden zu finden, Miss Virginia?“
Virginia lief es kalt über den Rücken. Sie fühlte sich wie in einem schrecklichen Traum. „Wie soll das gehen, Sir Simon?“, fragte sie ängstlich.
„Haben Sie mal den Spruch auf dem Fenster in der großen Halle gelesen?“
„Oh, schon oft!“, rief das junge Mädchen. „Ich kenne den Spruch. Er ist in schwarzen ungewöhnlichen Buchstaben geschrieben und schwer zu lesen.“ Sie sprach:

„Wenn ein goldblondes Mädchen
das Gespenst dazu bringt, seine Tat zu bereuen,
wenn der dürre Mandelbaum blüht,
wenn ein Kind Tränen vergießt,
dann wird dieses Haus Ruhe finden
und Friede kehrt ein in Canterville.“

Virginia kannte den Spruch auswendig. „Aber ich weiß nicht, was die Worte bedeuten“, sagte sie schließlich.

Das Gespenst legte eine Knochenhand auf Virginias Schulter. „Sie bedeuten Folgendes: Ein blondes Mädchen muss wegen meiner bösen Taten weinen. Erst dann werde ich erlöst und kann in Frieden ruhen. Virginia, würden Sie mir helfen?“

Virginia gab zuerst keine Antwort. Sie hielt den Kopf gesenkt. Sie war ganz blass im Gesicht. Doch dann sagte sie plötzlich mit fester Stimme: „Ich fürchte mich nicht. Ich werde Ihnen helfen.“

Sir Simon stieß einen Freudenschrei aus. Er nahm Virginias Hand und küsste sie. Seine Finger waren kalt wie Eis. Aber seine Lippen brannten heiß wie Feuer.

Sir Simon führte Virginia zur Wand hinüber. Kurz darauf verschwand die Wand wie in einem Nebel. Dahinter tauchte ein enger dunkler Gang auf. Virginia spürte einen kalten Wind. Er zerrte an ihrem Kleid.

„Schnell, schnell!“, rief das Gespenst, „oder es ist zu spät!“

Im nächsten Augenblick hatte sich die Wand hinter ihnen geschlossen. Das Zimmer war leer.

Fortsetzung folgt

1. Sir Simon erzählt Virginia, wie er zum Gespenst wurde. Was erzählt er ihr? Vervollständige die Sprechblase. Tipp: Lies noch einmal Seite 65.

Vor 300 Jahren bin ich ______________ .

Aber ich ________ ________

wie andere Menschen. Ich musste

zur Strafe für meine böse Tat

________ ______________

weiterleben.

2. Wie fühlt sich Sir Simon nach 300 Jahren als Gespenst? Beantworte die Frage mit einem vollständigen Satz.

schwach / müde / kraftlos / alt

____

____

3. Sir Simon fragt Virginia nach einem Spruch. Virginia kennt ihn auswendig.

a) Schreibe den Spruch auf ein weißes Blatt mit Linien.
Tipp: Der Spruch steht auf Seite 65.

b) Male einen Rahmen um den Spruch.

4. Sir Simon möchte kein Gespenst mehr sein. Wie kann er erlöst werden? Ergänze die passenden Verben.

blühen / weinen / bereuen

1. Das Gespenst muss seine Tat ____________________, also einsehen, dass es falsch war zu morden.

2. Ein blondes Mädchen muss für das Gespenst ____________________. Das Gespenst selbst hat nämlich keine Tränen.

3. Der dürre Mandelbaum muss ____________________.

**5. Virginia will Sir Simon helfen.
Vor Freude küsst er ihre Hand.
Wie sind seine Finger und Lippen?
Vervollständige die Sätze.**

Seine Finger sind kalt wie  ____________ .

Seine Lippen brennen heiß wie  ____________ .

**6. Sir Simon und Virginia verschwinden
durch die Wand.
Was geschieht der Reihe nach?**

**a) Lies die Sätze.
Beginne links oben und folge dem Faden.**

Die Wand verschwindet wie in einem Nebel.

Dahinter taucht ein enger dunkler Gang auf.

Sir Simon und Virginia betreten den Gang.

Die Wand schließt sich hinter ihnen.

**b) Schreibe die Sätze in der richtigen Reihenfolge
in dein Heft.**

Kapitel 10

Die Familie und der junge Herzog kamen wenig später im Wohnzimmer zum Tee zusammen. Nur Virginia fehlte. Nach einer Weile bat Mrs Otis die Haushälterin, nach Virginia zu sehen. Doch diese konnte Miss Virginia nicht finden.

Auch nach dem Tee war Virginia noch nicht da. Nun machten sich die Eltern Sorgen. Mrs Otis sah in allen Zimmern des Schlosses nach. Mr Otis und die Jungen suchten Virginia draußen. Doch sie blieb verschwunden. Die Aufregung war groß. Mr Otis ließ sich sein Pferd bringen. Er ritt zuerst zur nächsten Polizeistation. Dort meldete er seine Tochter als vermisst. Dann suchte er die nähere Umgebung des Schlosses ab. Unterwegs hörte er auf einmal einen Reiter hinter sich. Er sah sich um. Der junge Herzog folgte ihm. Kurz darauf brachte er sein Pferd neben Mr Otis zum Stehen. Er atmete schnell. „Ich will Ihnen helfen“, sagte er aufgeregt. „Bitte schicken Sie mich nicht zurück. Ich kann nicht tatenlos im Schloss herumsitzen!“ Mr Otis klopfte dem jungen Herzog auf die Schulter und sagte: „Nun gut, begleiten Sie mich.“ Die beiden ritten zum nächsten Bahnhof. Dort fragte Mr Otis nach seiner Tochter. Doch niemand hatte Virginia gesehen. Sie ritten ins nächste Dorf und immer weiter.

Gegen elf Uhr nachts kamen Mr Otis und der junge Herzog müde und enttäuscht zum Schloss zurück. Washington und die Zwillinge eilten ihnen mit Laternen entgegen, um den Weg zu beleuchten. Sie erzählten ihrem Vater von der Suche im Schloss. Und sogar den Schlossteich im Garten hatten die Diener mit Netzen abgesucht. Aber von Virginia fehlte jede Spur. Traurig betrat Mr Otis mit den Jungen die große Halle. Mrs Otis kam ihnen mit Tränen in den Augen entgegengelaufen.

Fortsetzung folgt

**1. Virginia kommt nicht zum Tee.
So könnte die Geschichte weitergehen.**

a) Lies, was die anderen sagen.

„Wo bleibt denn Virginia?“, fragte Mr Otis.

„Virginia, der Tee wird kalt!“, rief Mr Otis.

„Also, jetzt haben wir lange genug gewartet“, sagte Mr Otis.

Bitte holen Sie Virginia! , befahl Mrs Otis der Haushälterin.

Miss Virginia ist nicht in ihrem Zimmer , sagte die Haushälterin kurz darauf.

Wo kann sie denn nur sein? , fragte Mr Otis.

Vielleicht ist sie ausgeritten , vermutete ein Zwilling.

Na, dann müssen wir ohne sie anfangen , beschloss Mrs Otis.

**b) Sicher hast du bemerkt, dass ab Zeile 5 die Anführungszeichen vor und nach der wörtlichen Rede fehlen.
Ergänze sie.
Tipp: Sieh dir die Zeilen 1 bis 4 noch einmal genau an.**

2. Mr Otis meldet seine Tochter bei der Polizei als vermisst. Er beschreibt sie in ihrem Reitkleid. Wie sieht Virginia aus? Male Virginia in den richtigen Farben an. Tipp: Die Angaben im Kasten helfen dir.

die Augen = blau / die Haare = gelb /
das Reitkleid = dunkelgrün / der Hut = braun /
die Feder am Hut = orange /
die Handschuhe = schwarz

3. Die Polizei hängt einen Steckbrief aus.
Er ist aber nicht vollständig ausgefüllt.
Ergänze die fehlenden Angaben.
Tipp: Nimm Virginias Bild auf Seite 74 zur Hilfe.

Gesucht wird:

Name: Otis

Vorname: ____________________

Alter: 17 Jahre

Augenfarbe: ____________

Haarfarbe: blond

Kleidung: Sie trägt ein dunkelgrünes Kleid,

einen ______________ Hut

mit orangefarbener ______________

und schwarze Handschuhe.

Bitte melden Sie der Polizei,
wenn Sie das Mädchen gesehen haben!

4. **Hier siehst du eine Karte von Schloss Canterville und seiner Umgebung.**

a) **Mr Otis reitet vom Schloss über zwei Brücken zur Polizei. Zeichne den Weg farbig in die Karte ein.**

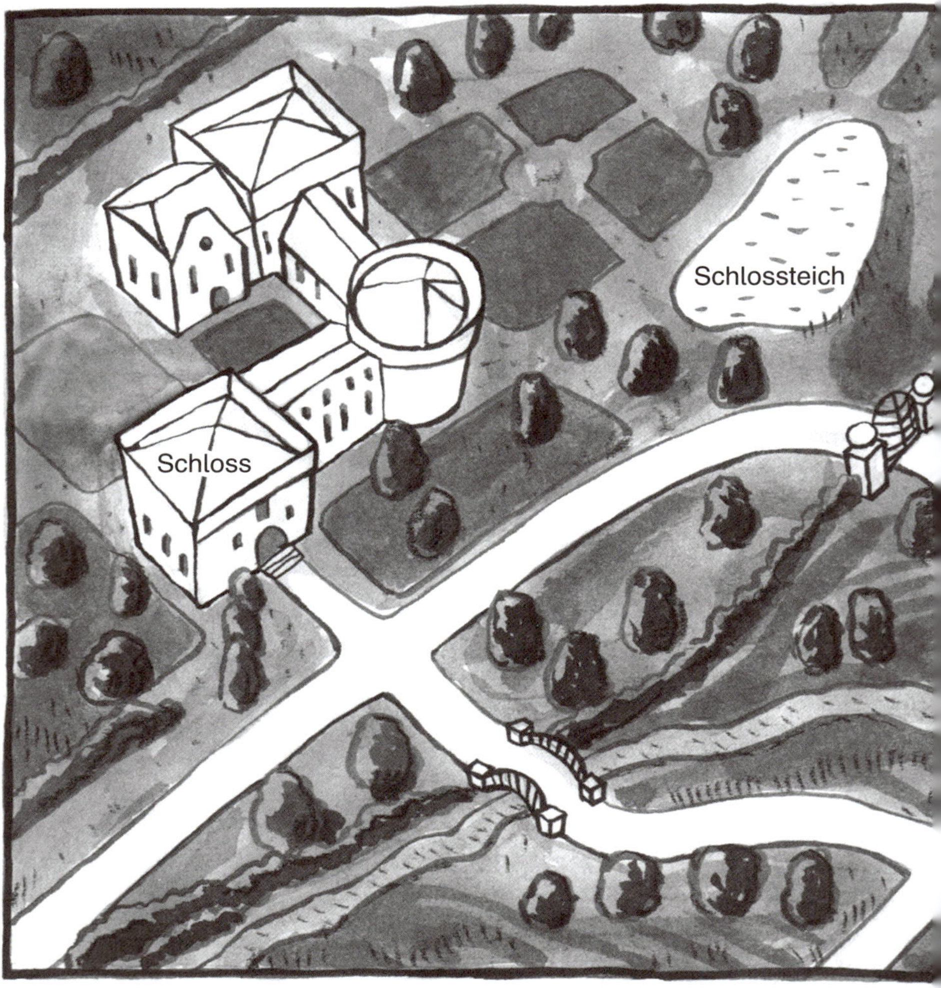

b) Nach Virginia wird verzweifelt gesucht, zum Beispiel im Schloss, am Bahnhof und sogar im Schlossteich. Male die Gebäude und den Teich farbig an.

Kapitel 11

Mr Otis, der junge Herzog und die anderen standen noch eine Zeit lang in der Halle zusammen und redeten. Da schlug die große Turmuhr zwölfmal. Es war Mitternacht. Sekunden später ließ ein furchtbarer Donner das Haus erbeben. Oben neben der Treppe explodierte plötzlich mit einem lauten Knall

eine Wand. Aus dem Loch in der Wand trat Virginia. Sie war kreidebleich.

In der Hand hielt sie ein kleines Kästchen.

Mrs Otis lief auf ihre Tochter zu und umarmte sie fest. Der junge Herzog küsste sie sogar mehrere Male und die Zwillinge hüpften wild um die anderen herum.

„Virginia, wo bist du gewesen?“, fragte Mr Otis verärgert. Er glaubte, dass Virginia ihnen einen Streich gespielt hatte. „Der junge Herzog und ich haben dich überall gesucht. Deine Mutter war völlig verzweifelt. Du darfst uns nie wieder so erschrecken!“

„Wie gut, dass du wieder da bist, mein Kind. Ich habe dich so vermisst“, sagte Mrs Otis. Sie hielt die zitternde Virginia im Arm.

„Papa“, sagte Virginia leise, „ich war bei Sir Simon, dem Gespenst von Canterville. Er hat vor langer Zeit etwas Unrechtes getan. Aber er hat seine bösen Taten sehr bereut und durfte nun endlich sterben. Doch bevor er starb, hat er mir dieses Kästchen voller Schmuck geschenkt.“

„Virginia, was redest du da?“, fragte Mr Otis.

„Es ist so, wie ich sage. Und nun kommt bitte mit mir, ich bringe euch zu ihm.“

Die ganze Familie starrte Virginia verwundert an. Doch sie drehte sich, ohne zu zögern, wieder um und stieg durch das Loch zurück. Washington holte schnell eine brennende Kerze. Dann folgten alle Virginia durch einen engen dunklen Gang. Er führte zu einer großen Tür. Dahinter lag ein niedriger Raum mit einem kleinen Fenster. Vor dem Fenster waren Gitter. In die Wand war ein großer Ring aus Eisen eingemauert, an den ein dürres Skelett angekettet worden war. Es lag auf dem Steinboden. Seine langen Knochenfinger waren nach einem Wasserkrug ausgestreckt. Hier hatten die Brüder der ermordeten Lady Canterville Sir Simon vor vielen Jahren angekettet. Hier war er verhungert.

Virginia kniete stumm neben dem Skelett des toten Sir Simon nieder. Auch die anderen sagten kein Wort.

„He!“, rief plötzlich einer der Zwillinge. „Der alte Mandelbaum blüht ja plötzlich! Ich kann die Blüten im Mondlicht genau erkennen!“

„Virginia hat das Gespenst erlöst“, sagte der junge Herzog da. „Der Spruch ist wahr geworden.“ Er schlang die Arme um Virginia und küsste sie. „Nun wird Sir Simon nie mehr durch das Schloss spuken.“

Fortsetzung folgt

1. **Es ist fast Mitternacht.**

a) **Wievielmal schlägt die Turmuhr um Mitternacht? Kreuze an.**

❑ zehnmal ❑ zweimal ❑ zwölfmal

b) **Hier siehst du die Turmuhr. Doch es fehlen der kleine und der große Uhrzeiger. Wo stehen die Zeiger 5 Minuten vor Mitternacht? Zeichne sie ein.**

2. Was geschieht, nachdem die Turmuhr um Mitternacht geschlagen hat?

a) Nummeriere die Sätze in der richtigen Reihenfolge.
Tipp: Wenn du nicht weiterweißt, lies noch einmal Seite 78 bis 80.

☐ Aus dem Loch in der Wand tritt Virginia.

☐ Ein furchtbarer Donner lässt das Haus erbeben.

☐ Plötzlich explodiert oben neben der Treppe mit einem lauten Knall die Wand.

☐ Mrs Otis läuft auf ihre Tochter zu und umarmt sie fest.

☐ Virginia bittet die anderen, ihr zu folgen.

☐ Der junge Herzog küsst Virginia mehrere Male.

b) Schreibe die Sätze in der richtigen Reihenfolge in dein Heft.

**3. Virginia hat von Sir Simon ein Kästchen geschenkt bekommen.
Was ist in dem Kästchen?
Beantworte die Frage
mit einem vollständigen Satz.**

**4. Die Familie folgt Virginia durch einen engen Geheimgang.
Wohin führt der Gang?
Lies den Text.
Tipp: Lies noch einmal Seite 80 ab Zeile 37.**

Der Gang führt zu einer großen .
Dahinter liegt ein niedriger Raum
mit einem kleinen .
Vor dem Fenster sind .
In die Wand ist ein großer  aus Eisen
eingemauert, an den ein dürres 
angekettet ist.

5. Schreibe den Text aus Aufgabe 4 nun in dein Heft. Ersetze dabei die Bilder durch die passenden Nomen.

6. Einer der Zwillinge ruft: „Der alte Mandelbaum blüht ja plötzlich!" Was sagt der junge Herzog darauf? Vervollständige die Sprechblase. Tipp: Lies noch einmal Seite 81.

Virginia hat ______________________________

______________________ !

Der Spruch ist _____________ geworden.

Nun wird Sir Simon nie mehr __________

____ .

7. Virginia führt ihre Familie zum toten Sir Simon. Es ist aber nur noch sein Skelett übrig. Was bedeutet das? Ist Sir Simon schon lange tot? Oder ist er erst vor kurzem gestorben? Sprecht in der Klasse darüber.

**8. Was gehört zu einem Skelett?
Lies den folgenden Sachtext.**

Das menschliche Skelett

Das Skelett ist das Knochengerüst des Menschen. Es stützt den Körper. Das menschliche Skelett besteht aus etwa 200 einzelnen Knochen. Den Kopf des Skeletts bezeichnet man als **Schädel.** Das **Becken** sitzt in der Mitte des Skeletts. Es verbindet die **Wirbelsäule** mit den **Oberschenkelknochen.**

**9. Sieh dir nun das Skelett auf Seite 87 an.
Welche Knochen werden im Sachtext erwähnt?
Ergänze die Beschriftung.**

**10. Welche Knochen verbindet das Becken?
Ergänze den Satzanfang.**

Das Becken ______________________________

____

____.

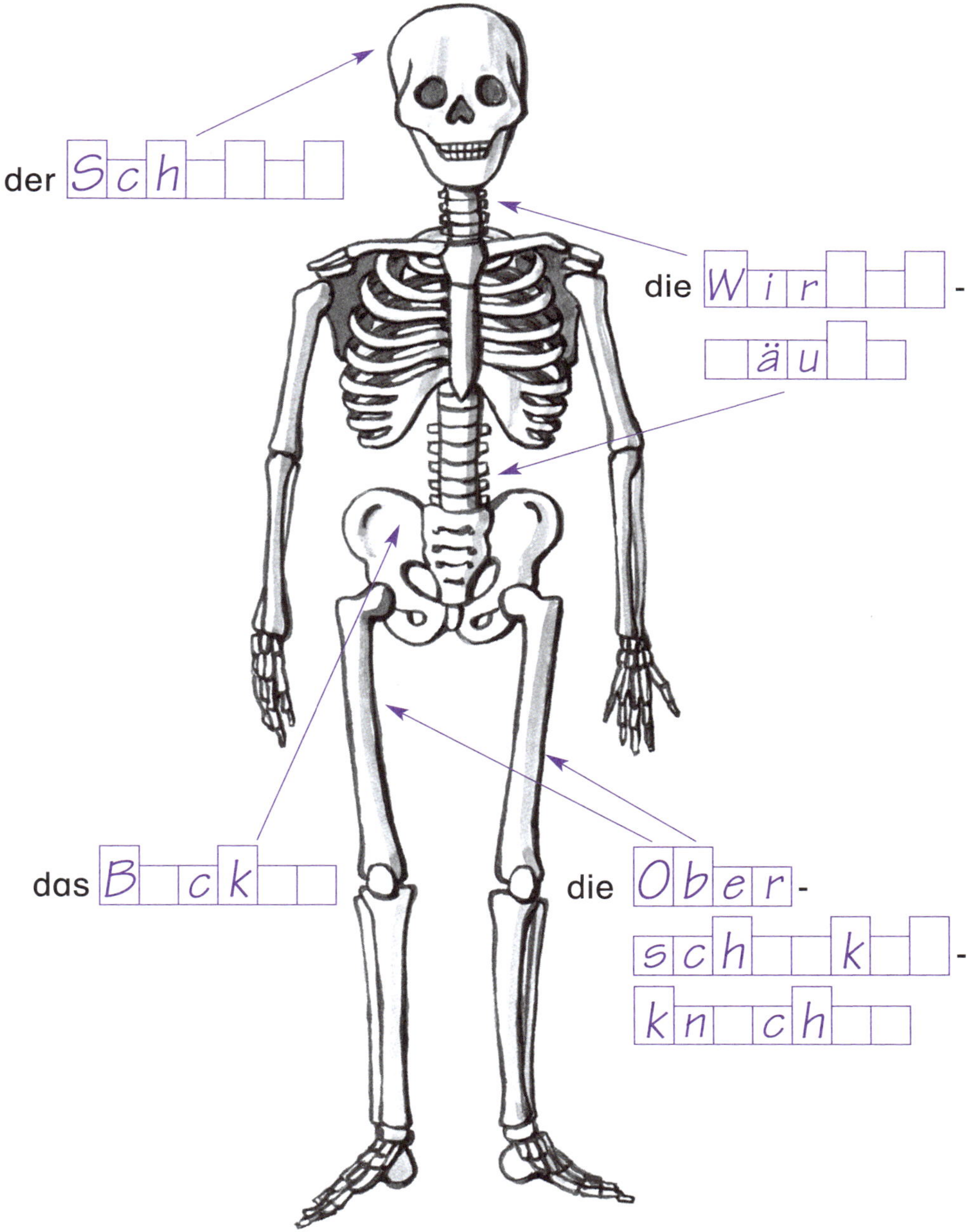
der Sch
die Wir -
äu
das B ck
die Ober-
sch k -
kn ch

Kapitel 12

Vier Tage später, um elf Uhr nachts, verließ ein Trauerzug das Schloss von Canterville. Mehrere Kutschen fuhren zum Friedhof. Der Leichenwagen mit dem Sarg von Sir Simon fuhr voran. Er wurde von sechs schwarzen Pferden gezogen. Auch Lord Canterville war zur Beerdigung gekommen. Er und Virginia saßen in der zweiten Kutsche. Ihnen folgten Mr und Mrs Otis in der dritten Kutsche. In der vierten fuhren Washington, der junge Herzog und die Zwillinge. Neben den Kutschen gingen auf beiden Seiten Diener mit brennenden Fackeln. Wenig später standen alle auf dem Friedhof um den Sarg. Virginia war traurig. Sie vermisste Sir Simon schon jetzt. Sie legte einen Strauß mit weißen und rosafarbenen Mandelblüten auf den Sarg. Dann wurde der Sarg in die Erde gelassen. Leises Weinen war zu hören.

Am nächsten Morgen bat Mr Otis Lord Canterville um ein Gespräch. „Lord Canterville“, sagte Mr Otis, „dieser Schmuck gehört Ihrer Familie. Das Gespenst hat ihn Virginia geschenkt. Doch ich kann nicht erlauben, dass sie dieses kostbare Geschenk annimmt. Ich möchte Ihnen den Schmuck geben. Virginia bittet Sie nur, das Kästchen als Erinnerung an Sir Simon behalten zu dürfen.“

Lord Canterville lauschte den Worten mit ernstem Gesicht. Er zupfte hin und wieder an seinem grauen Schnurrbart, um ein Lächeln zu verbergen. Dann schüttelte er seinen Kopf.

„Lieber Mr Otis“, sagte er, „Ihre Tochter hat

dem früheren Lord von Canterville, Sir Simon, einen großen Gefallen getan. Meine Familie und ich sind ihr sehr dankbar für so viel Mut. Der Schmuck gehört natürlich ihr.“ „Oh, nein! Solch ein großes Geschenk können wir wirklich nicht annehmen, Lord Canterville“, sagte Mr Otis streng. Aber der Lord blieb bei seiner Entscheidung: Virginia durfte das Geschenk behalten. Als sie das hörte, war sie sehr glücklich. Der Schmuck würde sie nun immer an Sir Simon erinnern.

Doch noch etwas anderes machte Virginia sehr glücklich. Der junge Herzog wollte Virginia nämlich heiraten. Mr Otis zögerte zwar einen Moment lang, doch dann willigte er ein. Die beiden heirateten einige Wochen nach der Beerdigung. Die Heirat veränderte einiges: Virginia gehörte nun wie ihr Mann zum Adel. Sie wurde Herzogin Virginia genannt. Virginia und der Herzog zogen bald von Schloss Canterville fort. Doch sie kamen oft zu Besuch. Und dann gingen sie jedes Mal zum Friedhof und legten Rosen auf Sir Simons Grab.

Ende

Lösungen

Das Gespenst von Canterville

Versuche immer erst, die Aufgabe selbst zu lösen. Vergleiche dann dein Ergebnis mit den Lösungen und Lösungsvorschlägen in diesem Heft.

Lösungen und Lösungsvorschläge zu den Aufgaben von Kapitel 1: 1

1. Das ist Lord **Canterville.** Er ist **Engländer.**
Er will Schloss Canterville **verkaufen.**

Das ist Mr **Otis.** Er ist **Amerikaner.**
Er will Schloss Canterville **kaufen.**

2. a) Hier können wir dir keinen Lösungsvorschlag machen.

b) Mr oder Lord? Ein Herr wird in England gewöhnlich mit „Mister“ angesprochen. Diese Anredeform wird in Texten meist abgekürzt. Sie wird dann kurz **Mr** geschrieben. …

3. **Lord** Canterville **Mr** Otis

4. „Es **spukt** im Schloss.“

5. Sicher hast du diese Sätze durchgestrichen.

~~Nachts war es völlig still im Schloss.~~
Nachts waren unheimliche Geräusche im Schloss zu hören.

~~Eine Maus wurde im Schloss gesehen.~~
Ein Gespenst wurde im Schloss gesehen.

~~Vögel setzten sich auf die Schultern von Lady Canterville.~~
Knochenhände legten sich auf die Schultern von Lady Canterville.

6. Das Gespenst ist seit **1575** im Schloss, es ist also **325** Jahre alt.

   Das Gespenst zeigt sich immer nur **nachts.**
   Dann **stöhnt** es **laut.**

7. „Ach, hören Sie auf! **Es gibt doch gar keine Gespenster.**"
8. Hier können wir euch keinen Lösungsvorschlag machen.
9. **a) und b)** Mr Otis kauft das Schloss im Jahr **1900.**
10. Hier können wir dir keinen Lösungsvorschlag machen.

Lösungen und Lösungsvorschläge zu den Aufgaben von Kapitel 2: 2

1. **a)** Hier können wir dir keinen Lösungsvorschlag machen.

   b) Die richtige Antwort ist:

   ☒ Zur Familie Otis gehören 6 Personen.

   c) Hier können wir dir keinen Lösungsvorschlag machen.

2. Mr Otis ist der neue Besitzer von Schloss Canterville.

   Washington ist der älteste Sohn von Mr und Mrs Otis.
   Er ist blond und sieht gut aus.

   Die Zwillinge haben immer Unsinn im Kopf. Sie denken sich viele Streiche aus.

   Mrs Otis ist eine Dame mittleren Alters. Sie ist die Mutter von vier Kindern.

   Miss Virginia ist siebzehn Jahre alt und hat große blaue Augen.
   Sie kann gut reiten.

3. Der Name von dem Gespenst ist Sir **Simon.**

   Sir **Simon** hat im Jahre **1575** seine Ehefrau ermordet.
   Kurz nach der Tat ist er **verschwunden.**
   Er wandert seitdem als Gespenst im **Schloss** umher.

4. „**P**inkertons **F**leckentod mit **S**uperputzkraft“

5. a) Hier können wir dir keinen Lösungsvorschlag machen.

b)

englisch	englische Aussprache	deutsch
Miss	Miss	**Fräulein**
Mr	**Mister**	Herr
Mrs	Missis	**Frau**

Lösungen und Lösungsvorschläge zu den Aufgaben von Kapitel 3: 3

1. a) Hier können wir dir keinen Lösungsvorschlag machen.

b) Denkblase oben: **Mr Otis**
Denkblase unten: **Washington**

2. a) Hier können wir dir keinen Lösungsvorschlag machen.

b)
[2] Wir haben einen Blutfleck auf dem Fußboden, der immer wiederkommt.
[4] Aber es nutzt nichts. Jeden Morgen ist der Fleck von neuem da.
[1] Sehr geehrte Damen und Herren von der Firma Pinkerton!
[3] Ich habe ihn schon mehrere Male mit Pinkertons Fleckentod weggerieben.
[6] Mit freundlichen Grüßen
Ihr Washington Otis
[5] Darüber möchte ich mich mit diesem Brief beschweren!

3. Sehr geehrte Damen und Herren von der Firma Pinkerton!
Wir haben einen Blutfleck auf dem Fußboden, der immer wiederkommt. Ich habe ihn schon mehrere Male mit Pinkertons Fleckentod weggerieben. Aber es nutzt nichts. Jeden Morgen ist der Fleck von neuem da. Darüber möchte ich mich mit diesem Brief beschweren!
Mit freundlichen Grüßen
Ihr Washington Otis

4. Um **20.00** Uhr kehrt die Familie zum Schloss zurück. Um **23.00** Uhr geht die Familie schlafen. Eine halbe Stunde später, also um **23.30** Uhr, löschen sie alle Lichter. Um **1.00** Uhr hört Mr Otis ein unheimliches Geräusch.

5. Die richtige Antwort ist:

   ☒ Er gibt dem Gespenst ein Fläschchen Schmieröl und legt sich wieder schlafen.

6. Das Gespenst sieht aus wie ein **alter** Mann.
   Seine **roten** Augen leuchten.
   Es hat **lange graue** Haare.
   Seine **schmutzige** Kleidung ist zerrissen.
   Es trägt **rostige** Ketten an den Händen und Füßen.

7. Hier können wir dir keinen Lösungsvorschlag machen.

Lösungen und Lösungsvorschläge zu den Aufgaben von Kapitel 4: 4

1. Sir Simon zeigte sich einmal als Skele**tt**, also als Knochengerüst. Ein anderes Mal sah man ihn als Wa**ss**erleiche.

2. **a)** Hier können wir dir keinen Lösungsvorschlag machen.

   b) So könntest du die Sätze vervollständigt haben:

   Lady Canterville erschrak, als Sir Simon ihr die Knochenhände **auf die Schultern legte.**
   Ein Diener erschrak, als Sir Simon ihm **die Kerze auspustete.**
   Eine junge Haushälterin fiel um, als sie **das Skelett mit einem Buch in einem Sessel entdeckte.**

3. | | |
   |---|---|
   | Sir Simon schleudert das Fläschchen Schmieröl auf den Boden und rennt weg. | ☒ richtig |
   | Ein dunkelblaues Licht erhellt den Gang. | ☒ falsch |
   | Plötzlich stehen zwei kleine Gestalten in weißen Nachthemden vor Sir Simon. | ☒ richtig |

Die Zwillinge werfen eine Wasserbombe. ☒ falsch

Ein groβes Kissen fliegt an Sir Simon vorbei. ☒ richtig

Sir Simon verschwindet durch die Wand. ☒ richtig

4. bis 6. Hier können wir dir keine Lösungsvorschläge machen.

Lösungen und Lösungsvorschläge zu den Aufgaben von Kapitel 5: 5

1. a) An einem Morgen ist der Fleck braun wie Rost, also **rostbraun.**
Am nächsten Tag leuchtet er wieder rot wie Blut, also **blutrot.**
Ein anderes Mal ist er rosa wie ein Bonbon, also **bonbonrosa.**
Einmal strahlt er sogar so leuchtend grün wie Gift, also **giftgrün.**

b) Hier können wir dir keinen Lösungsvorschlag machen.

2. himmelblau, froschgrün, zitronengelb, feuerrot

3. Mr Otis **ruft** aufgeregt: „Hände hoch!“ Er **hält** eine alte Pistole in der Hand. Die Zwillinge **zielen** mit Papierkugeln auf Sir Simon. Mrs Otis **kommt** in den Flur. Sie **gibt** Sir Simon ein Fläschchen Medizin.

4. und 5. Hier können wir euch keine Lösungsvorschläge machen.

6. So könntest du die Fragen beantwortet haben:

- *Bis wann gab es Ritter?:*
  Ritter gab es bis ins späte Mittelalter, also ungefähr bis ins Jahr 1500.
- *Warum trugen Ritter Rüstungen?:*
  Rüstungen schützten die Ritter vor Verletzungen.
- *Was gehört zum Beispiel zu einer Rüstung?:*
  Zu einer Rüstung gehörten zum Beispiel ein Kettenhemd, ein Brustpanzer und ein Helm.

7. a) und b) Hier können wir dir keinen Lösungsvorschlag machen.

7. c) Das Mädchen **(12 kg)** und der Junge **(28 kg)** wiegen zusammen **40 kg.** Sicher hast du die Bilder der beiden eingekreist.

8. der Brustpanzer:  das Kettenhemd:  der Helm: 

Lösungen und Lösungsvorschläge zu den Aufgaben von Kapitel 6: 6

1. a) Hier können wir dir keinen Lösungsvorschlag machen.

b) und c)

langes weißes
Sir Simon zog ein ~~kurzes pinkfarbenes~~ Hemd an.

großen / roten
Dazu wählte er einen ~~kleinen~~ Schlapphut mit einer ~~gelben~~ Feder.

alten, rostigen
Außerdem nahm er seinen ~~neuen, glänzenden~~ Dolch mit.

d) Sir Simon zog ein langes weißes Hemd an.
Dazu wählte er einen großen Schlapphut mit einer roten Feder.
Außerdem nahm er seinen alten, rostigen Dolch mit.

2. Diese Nomen könntest du eingekreist haben:
der Nebel, der Donner, der Regen, der Sturm, der Blitz, die Kälte

3. Hier können wir dir keinen Lösungsvorschlag machen.

4. Die richtige Antwort ist:

☒ Das Gespenst ist gar kein echtes Gespenst.
Es ist aus verschiedenen Dingen gebastelt.

5. Hier können wir dir keinen Lösungsvorschlag machen.

6. a) Hier können wir dir keinen Lösungsvorschlag machen.

b) der **B e s e n** der große ausgehöhlte **K ü r b i s**

das weiße **B e t t l a k e n** das **S c h w e r t** aus Pappe

7. Das Otis-Gespenst: der echte Spuk! Vor Nachahmungen wird gewarnt! Alle anderen Gespenster sind Fälschungen.

8. **a), b) und c)** Hier können wir dir keinen Lösungsvorschlag machen.

Lösungen und Lösungsvorschläge zu den Aufgaben von Kapitel 7: 7

1. Sir Simon muss sich einmal pro Woche zwischen Mitternacht und drei Uhr in der Frühe **auf den Fluren des Schlosses aufhalten.** An jedem ersten und dritten Mittwoch im Monat muss er **um Mitternacht im Schlossturm laut heulen.**

2. und 3. Hier können wir dir keine Lösungsvorschläge machen.

4. **a)** Hier können wir dir keinen Lösungsvorschlag machen.

   b) Sicher hast du diese Daten angekreuzt:

   Kalenderblatt oben: **6.** und **20.** August
   Kalenderblatt unten: **3.** und **17.** September

5. **a)** Hier können wir dir keinen Lösungsvorschlag machen.

   b)
   - Die Zwillinge spannen Schnüre durch den Flur. → Sir Simon stolpert darüber.
   - Die Zwillinge legen ein Stück Butter auf den Boden. → Sir Simon rutscht darauf aus.
   - Die Zwillinge springen aus einer Ecke hervor und schreien laut: „Buh!“ → Sir Simon erschrickt fürchterlich.
   - Die Zwillinge stellen einen Eimer mit Wasser oben auf den Türrahmen. → Sir Simon wird beim Eintreten ins Zimmer nass.

6. Vergleiche deine Lösung mit den Lösungen deiner Mitschüler in der Klasse.

Lösungen und Lösungsvorschläge zu den Aufgaben von Kapitel 8: 8

1. Sicher hast du diese Sätze durchgestrichen:

   ~~Ein alter Herzog kommt zu Besuch.~~
   Ein junger Herzog kommt zu Besuch.

   ~~Der junge Herzog ist ein hässlicher junger Mann mit fettigem Haar.~~
   Der junge Herzog ist ein hübscher junger Mann mit braunen Locken.

   Der junge Herzog verliebt sich in Virginia.
   ~~Der junge Herzog streitet sich mit Virginia.~~

2. Diese Adjektive könntest du eingekreist haben:
   niedergeschlagen, müde, traurig, alt, krank

3. **a)** Deshalb hat Virginia Mitleid mit Sir Simon:
   1. Grund: Sir Simon ist verhungert.
   2. Grund: Sir Simon ist sehr einsam.

   b) Deshalb findet Virginia Sir Simon böse und grausam:
   1. Grund: Sir Simon hat seine Frau umgebracht.
   2. Grund: Sir Simon ärgert gern Menschen.

4. Hier können wir dir keinen Lösungsvorschlag machen.

5. Liebes Tagebuch!
   Ich habe die junge Virginia Otis kennen gelernt. Sie war zuerst sehr nett zu mir. Aber dann sagte sie, dass ich grausam und böse bin. Sie hat Recht. Ich habe vor 325 Jahren meine Frau ermordet. Ich wünschte sehr, das wäre niemals passiert.

6. Hier können wir dir keinen Lösungsvorschlag machen.

7. So könntest du die Frage beantwortet haben:
   Ein Richter prüft, ob der Angeklagte die Tat tatsächlich begangen hat.

8. und 9. Hier können wir euch keine Lösungsvorschläge machen.

10. Diese Farben hast du sicher durchgestrichen:

~~das Hellrot~~ ~~das Dunkelrot~~
~~das Hellgrün~~ ~~das Hellgelb~~

11. Hier können wir dir keinen Lösungsvorschlag machen.

Lösungen und Lösungsvorschläge zu den Aufgaben von Kapitel 9: 9

1. Vor 300 Jahren bin ich **verhungert.** Aber ich **starb nicht** wie andere Menschen. Ich musste zur Strafe für meine böse Tat **als Gespenst** weiterleben.

2. Diese Antwort könntest du geschrieben haben:
Sir Simon fühlt sich schwach, müde, kraftlos und alt.

3. **a)** Wenn ein goldblondes Mädchen das Gespenst dazu bringt, seine Tat zu bereuen, wenn der dürre Mandelbaum blüht, wenn ein Kind Tränen vergießt, dann wird dieses Haus Ruhe finden und Friede kehrt ein in Canterville.

b) Hier können wir dir keinen Lösungsvorschlag machen.

4.
1. Das Gespenst muss seine Tat **bereuen,** also einsehen, dass es falsch war zu morden.
2. Ein blondes Mädchen muss für das Gespenst **weinen.** Das Gespenst selbst hat nämlich keine Tränen.
3. Der dürre Mandelbaum muss **blühen.**

5. Seine Finger sind kalt wie **Eis.**
Seine Lippen brennen heiß wie **Feuer.**

6. **a)** Hier können wir dir keinen Lösungsvorschlag machen.

b) Die Wand verschwindet wie in einem Nebel.
Dahinter taucht ein enger dunkler Gang auf.
Sir Simon und Virginia betreten den Gang.
Die Wand schließt sich hinter ihnen.

Lösungen und Lösungsvorschläge zu den Aufgaben von Kapitel 10: 10

1. a) Hier können wir dir keinen Lösungsvorschlag machen.

b) …
„Bitte holen Sie Virginia!“, befahl Mrs Otis der Haushälterin.
„Miss Virginia ist nicht in ihrem Zimmer“, sagte die Haushälterin kurz darauf.
„Wo kann sie denn nur sein?“, fragte Mr Otis.
„Vielleicht ist sie ausgeritten“, vermutete ein Zwilling.
„Na, dann müssen wir ohne sie anfangen“, beschloss Mrs Otis.

2. Hier können wir dir keinen Lösungsvorschlag machen.

3. So könntest du den Steckbrief ergänzt haben:
Vorname: **Virginia**
Augenfarbe: **blau**
Kleidung: Sie trägt ein dunkelgrünes Kleid, einen **braunen** Hut mit orangefarbener **Feder** und schwarze Handschuhe.

4. a) und b) Vergleiche deine Lösung mit den Lösungen deiner Mitschüler in der Klasse.

Lösungen und Lösungsvorschläge zu den Aufgaben von Kapitel 11: 11

1. a) Die richtige Antwort ist: ☒ zwölfmal

b)

2. **a)** [3] Aus dem Loch in der Wand tritt Virginia.
[1] Ein furchtbarer Donner lässt das Haus erbeben.
[2] Plötzlich explodiert oben neben der Treppe mit einem lauten Knall die Wand.
[4] Mrs Otis läuft auf ihre Tochter zu und umarmt sie fest.
[6] Virginia bittet die anderen, ihr zu folgen.
[5] Der junge Herzog küsst Virginia mehrere Male.

b) Ein furchtbarer Donner lässt das Haus erbeben. Plötzlich explodiert oben neben der Treppe mit einem lauten Knall die Wand. Aus dem Loch in der Wand tritt Virginia. Mrs Otis läuft auf ihre Tochter zu und umarmt sie fest. Der junge Herzog küsst Virginia mehrere Male. Virginia bittet die anderen, ihr zu folgen.

3. So könntest du die Frage beantwortet haben:
In dem Kästchen ist Schmuck.

4. Hier können wir dir keinen Lösungsvorschlag machen.

5. Der Gang führt zu einer großen **Tür.**
Dahinter liegt ein niedriger Raum mit einem kleinen **Fenster.**
Vor dem Fenster sind **Gitter.**
In die Wand ist ein großer **Ring** aus Eisen eingemauert,
an den ein dürres **Skelett** angekettet ist.

6. „Virginia hat **das Gespenst erlöst!** Der Spruch ist **wahr** geworden. Nun wird Sir Simon nie mehr **durch das Schloss spuken.**"

7. und 8. Hier können wir euch keinen Lösungsvorschlag machen.

9. der | S | c | h | ä | d | e | l | die | W | i | r | b | e | l | s | ä | u | l | e |

das | B | e | c | k | e | n | die | O | b | e | r | s | c | h | e | n | k | e | l | k | n | o | c | h | e | n |

10. Das Becken **verbindet die Wirbelsäule mit den Oberschenkelknochen.**

Lösungen und Lösungsvorschläge zu den Aufgaben von Kapitel 12: 12

1. Hier können wir dir keinen Lösungsvorschlag machen.

2. Diese Antworten sind richtig:

a) ☒ Der Schmuck ist zu wertvoll.
☒ Der Schmuck gehört der Familie Canterville.

b) ☒ Lord Canterville findet, dass Virginia die Belohnung verdient hat.

3. Der Schmuck wird sie nun immer an Sir Simon erinnern.

4. a) und b) Hier können wir dir keinen Lösungsvorschlag machen.

c)

2 

3 

4 

1 

5. bis 9. Hier können wir euch keine Lösungsvorschläge machen.

1. Nicht alle sind froh, dass das Gespenst tot ist. Wer ist wohl traurig? Schreibe einen vollständigen Satz in dein Heft.

2. Mr Otis spricht mit Lord Canterville über Sir Simons Geschenk an Virginia.

a) Warum will Mr Otis nicht, dass Virginia den Schmuck von Sir Simon behält? Kreuze die passenden Sätze an.

- ❑ Der Schmuck ist zu wertvoll.
- ❑ Der Schmuck ist nichts wert.
- ❑ Der Schmuck gehört der Familie Canterville.

b) Warum nimmt Lord Canterville den Schmuck nicht zurück? Kreuze den passenden Satz an.

- ❑ Lord Canterville mag keinen Schmuck.
- ❑ Lord Canterville findet, dass Virginia die Belohnung verdient hat.

3. Virginia darf den Schmuck behalten. Woran wird der Schmuck sie erinnern? Schreibe einen vollständigen Satz in dein Heft. Tipp: Lies noch einmal Seite 90.

4. **Um 1900 gab es nur wenige Autos. Man fuhr meist in Kutschen. Zur Beerdigung von Sir Simon fahren vier verschiedene Kutschen.**

a) **Sieh dir die vier Kutschen an.**

b) **Lies nun die Texte auf Seite 93.**

c) **Welches Bild gehört zu welchem Text? Trage die richtigen Zahlen in die Kästchen ein.**

☐ 

☐ 

☐ 

☐ 

1

Der Sarg mit dem Skelett von Sir Simon wird in der ersten Kutsche, einem so genannten **Leichenwagen,** transportiert. Diese Kutsche hat vier Räder. Sie wird hier von sechs Pferden gezogen, die ein Kutscher lenkt.

2

Virginia und Lord Canterville fahren in der zweiten Kutsche, einem offenen **Gig.** Dieser Wagen hat zwei Räder und kein Verdeck. Ein Pferd ist vor den Wagen gespannt.

3

Mr und Mrs Otis sitzen in der dritten, geschlossenen **Kutsche** mit vier Rädern. Die Kutsche wird von zwei Pferden gezogen, die ein Kutscher lenkt.

4

Washington, die Zwillinge und der junge Herzog fahren in der vierten Kutsche, einem so genannten **Landauer.** Diese Kutsche hat vier Räder und ein Verdeck, das in der Mitte auseinandergeklappt werden kann. Vier Pferde ziehen die Kutsche.

5. Gespenstergeschichten sind meist sehr beliebt.
   Warum ist das wohl so?
   Wie ist die Stimmung in solchen Geschichten?
   Magst *du* Gespenstergeschichten?
   Kennst du noch andere?
   Sprecht in der Klasse darüber.

6. Wie sieht wohl ein besonders
   gruseliges Gespenst aus?
   Male ein Gespenst in den Rahmen.

7. In Gespenstergeschichten kommen gruselige Geräusche vor.

a) Lest noch einmal Seite 34 ab Zeile 27 und Seite 35.
Lest den Text laut in der Klasse vor.

b) Welche Geräusche kommen im Text vor?
Wie kann man sie nachmachen?
Welche Gegenstände wären dazu hilfreich?
Sammelt eure Ideen an der Tafel.

8. Bereitet eine „Lesung mit Geräuschen“ in der Klasse vor.

a) Wer liest welchen Satz auf Seite 34 und 35?
Verteilt die Sätze an verschiedene Leser.

b) Wer macht zu welchem Satz welches Geräusch?
Legt fest, wer welches Geräusch erzeugt.

c) Probt eure „Lesung mit Geräuschen“.
Tipp: Lest den Text zur Übung auch zu Hause mehrere Male laut. Lest langsam. Achtet auf die Betonung.

9. Nehmt die „Lesung mit Geräuschen“ mit einem Kassettenrekorder auf.

Redaktion: lüra – Klemt & Mues GbR
Technische Umsetzung: Manuela Mantey-Frempong

www.cornelsen.de

2. Auflage, 7. Druck 2025

Alle Drucke dieser Auflage sind inhaltlich unverändert
und können im Unterricht nebeneinander verwendet werden.

© 2004 Cornelsen Verlag, Berlin
© 2018 Cornelsen Verlag GmbH, Mecklenburgische Str. 53, 14197 Berlin,
E-Mail: service@cornelsen.de

Das Werk und seine Teile sind urheberrechtlich geschützt.
Jede Nutzung in anderen als den gesetzlich zugelassenen Fällen bedarf der vorherigen schriftlichen Einwilligung des Verlages.
Hinweis zu §§ 60 a, 60 b UrhG: Weder das Werk noch seine Teile dürfen ohne eine solche Einwilligung an Schulen oder in Unterrichts- und Lehrmedien (§ 60 b Abs. 3 UrhG) vervielfältigt, insbesondere kopiert oder eingescannt, verbreitet oder in ein Netzwerk eingestellt oder sonst öffentlich zugänglich gemacht oder wiedergegeben werden.
Dies gilt auch für Intranets von Schulen und anderen Bildungseinrichtungen.

Der Anbieter behält sich eine Nutzung der Inhalte für Text- und Data-Mining im Sinne § 44 b UrhG ausdrücklich vor.

Druck: AZ Druck und Datentechnik GmbH, Kempten

ISBN 978-3-464-60135-8

PEFC
PEFC/04-31-2260

PEFC-zertifiziert
Dieses Produkt stammt aus nachhaltig bewirtschafteten Wäldern und kontrollierten Quellen
www.pefc.de